Kurt Arbeiter

Frau Holles wilde Bande

Kurt Arbeiter

Frau Holles wilde Bande

Eine Innsbrucker Adventgeschichte

Mit Zeichnungen von Bernd Ertl

Tyrolia-Verlag · Innsbruck-Wien

MIX
Papier aus verantwortungsvollen Quellen
FSC® C014138

Mitglied der Verlagsgruppe „engagement"

2018

Umschlag, Layout und digitale Gestaltung: Tyrolia-Verlag

Druck und Bindung: FINIDR, Tschechien
ISBN 978-3-7022-3715-8
E-Mail: buchverlag@tyrolia.at
Internet: www.tyrolia-verlag.at

Für meine Kinder
Armin, Ida, Moritz und Lea

1

Das einzige Geräusch in der dunklen Stube der Arzler Alm ist das Knacken der Scheite im Ofen. Was schon ein ganz netter Krawall ist, denn eigentlich sollte es mucksmäuschenstill sein, schließlich ist die Hütte im Dezember geschlossen. Aber darauf hat das Kasermandl ja den ganzen Herbst gewartet, um die Alm endlich für sich in Beschlag nehmen zu können. Das Gesicht im Schatten seines Melcherhutes verborgen, sitzt es vor dem struppigen Adventkranz am Stubentisch. Ihm gegenüber hockt der Wilde Jäger. Der Schein der drei Kerzen flackert über sein zerfurchtes Gesicht. Das Mus, das ihm das Kasermandl angeboten hat, hat er wohlweislich abgelehnt, der Wilde Jäger ist nicht auf der Brennsuppn dahergeschwommen. Aber ein Stamperl vom Kerschbuacher hat er sich genehmigt: Alte Hausbirne, die ist ihm am liebsten. Eigentlich könnte er also recht zufrieden sein. So klingt er aber ganz und gar nicht: „Kein Schnee, den ganzen Advent über. Himmelherrgottnochmal, was sollen das für Raunächte werden!“

„Zach“, sagt das Kasermandl.

„Tja“, der Wilde Jäger kippt seinen Schnaps. „Advent ohne Schnee: wie unweihnachtlich ist das denn?“

„Und untertags kemmen die Leit auffa zum Sunnelen! Im Dezember! Da hasch ja koa Ruah nit.“

Es klopft an der Stubentür.

„Siggsch es?“, sagt das Kasermandl. „Nit amal bei der Nacht.“

Die Tür geht auf, und das Schneewittchen betritt die Stube. „Guten Abend, die Herrn!“

„Gott zum Gruße, schönes Kind“, sagt der Wilde Jäger, der ein Kavalier alter Schule sein kann.

„Ah du bisch es. Maggsch a Apfele?“, sagt das Kasermandl, das ein ziemlicher Ungustl sein kann.

„Mir ist nicht zum Scherzen.“ Das Schneewittchen hängt seinen Umhang mit dem Hermelinpelzchen an den Kleiderhaken und setzt sich zu den Herrschaften. „Dritter Adventsonntag und nicht das kleinste Fleckchen Schnee bis herauf zur Alm. Ist das nicht schrecklich?“

„Des kann dir dechtesch wurscht sein“, sagt das Kasermandl.

„Ach so? Und wie heiß ich denn, mein Herr? – Regenwittchen? Oder Kleewittchen? Oder doch vielleicht Schnee…?“

„…wittele“, sagt das Kasermandl.

„Chen!“, beharrt das Schneewittchen.
„Ja genau. Und i bin vielleicht des Kasermännchen, oder? Mir sein ja nit bei die Piefke!“
„Nun hört schon auf, euch zu kabbeln“, wirft der Wilde Jäger ein, dem die Richtung, in die sich das Gespräch entwickelt, gar nicht behagt. „Lasst uns lieber überlegen, warum der Schnee heuer so gänzlich ausbleibt.“
„Des isch eh klar. Die Frau Holle, die alte Schachtel …“
„Oha, oha, oha!“, fällt der Wilde Jäger dem Kasermandl ins Wort. „Mein lieber Schieber, da kennen wir die Dame aber schlecht. Ich sag euch, die hat ganz nett Pfeffer im …“ Er wirft einen Seitenblick auf das Schneewittchen. „Also: im Ärmel. Ich weiß noch, wie die früher mitgeritten ist bei der Wilden Jagd. Damensitz, meine Herrn. Aber hallo!“
„Des glab i gern. Spazierenreiten, rütütütüü. Aber zum Bettenschütteln isch sie sich zu fein, die Gnädigschte.“
„Vielleicht ist sie krank“, wirft das Schneewittchen ein.
„An Wolf werd sie ham vom Reitn“, sagt das Kasermandl.
Aber da haut der Wilde Jäger auf den Tisch, dass dem Adventkranz seine letzten Nadeln ausfallen, und das

Kasermandl beschließt, zur Sicherheit doch einmal die Pappn zu halten.
„Es wird sich wohl jemand um sie kümmern." Der Wilde Jäger funkelt das Kasermandl noch immer an. „Was ist mit der Goldmarie?"
Das Schneewittchen schüttelt den Kopf. „Nicht im Advent. Da hat sie gar keine Zeit. Da hat sie ihr Standl am Christkindlmarkt, wo sie meine Lavendelkleiderbügel verkauft."
„Und meine Hirschwürste", sagt der Wilde Jäger.
„Und mein Goaßkas", sagt das Kasermandl.
„Und was ist mit der Pechmarie?", fragt das Schneewittchen.
„Ha. Ha. Ha. Dreimal kurz gelacht", knurrt das Kasermandl. „De hockt im Malfattiheim unten und pippelt, die alte Schnapsdrossel."
„Na denn!" Wieder haut der Wilde Jäger auf den Tisch, dass das Kasermandl zusammenzuckt. „Worauf warten wir noch, Freunde? Auf lasst uns stoßen und ins Horn brechen! Sehen wir bei der guten Frau Holle nach dem Rechten. Schließlich wünschen wir uns alle ein wenig Schnee zur Weihnacht, nicht wahr."
„Schon." Das Schneewittchen klingt verzagt. „Aber wie …?"
„Eben", fügt das Kasermandl hinzu. Es weiß nämlich jeder, dass man sich, um zur Frau Holle zu gelangen,

in den Leopoldsbrunnen stürzen muss. Aber der ist bei seiner jüngsten Renovierung verschoben worden, und jetzt weiß keiner genau, ob man durch den neuen Schacht noch zur Frau Holle kommt oder zum Schluss direkt in den Brennerbasistunnel kugelt.

„Ach so." Der Wilde Jäger fährt sich durch das lange graue Haar. Dann blickt er sich um, als wollte er sich vergewissern, dass niemand sie belausche. „Es geht auch über den Pradler Brunnen", raunt er verschwörerisch.

„Woher weißt du denn das?", fragt das Schneewittchen.

„Also, ich hab da kürzlich …" Der Wilde Jäger räuspert sich. „Also, ein Martinigänschen vorbeigebracht, in allen Ehren, versteht sich."

„Da schau her!" Das Kasermandl grinst. „Rabimmelrabammelrabumm!"

„Schnauze!", sagt der Wilde Jäger. „Also: wollen wir?" Alle wollen. Das Kasermandl kichert immer noch verstohlen in sich hinein, das Schneewittchen bläst die Kerzen aus, und dann stehen sie auch schon vor der Hütte in der schwarzen Winternacht.

„Eines meiner Rosse gefällig, junge Frau?", bietet der Wilde Jäger dem Schneewittchen an.

„Oder meggsch auf meim Goaßbock mitreitn?"

„Nicht in diesem Leben", antwortet das Schneewittchen, obwohl, eigentlich gefällt ihr der Geißbock des Kasermandls gar nicht schlecht. Er hat manches mit ihr gemein: Haare so schwarz wie Ebenholz, Zähne so weiß wie Schnee und Augen so rot wie Blut. Aber der Wilde Jäger gibt ihr keine Zeit mehr zu überlegen. Schwupps, schupft er sie auf eine sechsbeinige Schimmelstute, knallt mit der Reitpeitsche, und schon galoppiert die Wilde Jagd den Berg hinunter und stürzt sich in den Pradler Brunnen.

2

In einem wilden Knäuel aus Hufen, Hörnern, Melcherhut und Hermelinkragen purzeln der Wilde Jäger, das Schneewittchen und das Kasermandl samt ihren Reittieren auf die große Wiese vor Frau Holles Haus. Während sie sich aufrappeln, hören sie schon den Backofen: „Ach, zieht uns raus, zieht uns raus! Wir Kekse sind schon längst ausgebacken!“

„Kümmert ihr euch um die Plätzchen“, sagt der Wilde Jäger. „Ich reite schon voraus und krieg das mit den Äpfeln gebacken.“

„Plätzchen!“, beffelt ihm das Kasermandl nach, während der Wilde Jäger auf den Baum zugaloppiert, der von seinen reifen Äpfeln jammert und geschüttelt werden möchte. Dann räumen Schneewittchen und das Kasermandl den Backofen aus. Schneewittchen stopft sich in Windeseile alle Taschen mit den heißen Keksen voll.

„Seit wann bisch denn du so gierig?“, fragt das Kasermandl.

„Ich hab sieben Zwerge zuhause, mein Lieber.“

„Ah ja. Du sag: de sein aber kloaner wie i, oder?"

„*Noch* kleiner", sagt das Schneewittchen schnippisch.

„Du mi a", grummelt das Kasermandl, schwingt sich auf seinen Geißbock und zuckelt dem Wilden Jäger nach.

„Wirklich hübsch, der Geißbock", denkt sich das Schneewittchen, als sie den beiden nachschaut. Aber sie würde eher noch einmal in den vergifteten Apfel beißen, als das Kasermandl darum zu bitten, einmal aufsitzen zu dürfen.

Der Apfelbaum schaut ziemlich gebeutelt aus, als sie bei ihm eintreffen. Nicht ein einziges Blatt hat ihm der Wilde Jäger mehr gelassen, als er über ihn drübergefahren ist. Der Waidmann schaut sehr zufrieden aus. „Vielleicht hält er ja das nächste Mal die Klappe, wenn ich vorbeikomme."

Sie reiten über die am Boden verstreuten Äpfel weiter hinauf zu Frau Holles Haus.

Das macht einen traurigen Eindruck. Die Fensterläden klappern im Wind, und auf der Terrasse im ersten Stock hängt nicht das kleinste Fetzchen Bettzeug. Angeführt vom Wilden Jäger treten sie vorsichtig ein. Der Herd im Erdgeschoß ist kalt, unterm Küchenfenster liegen tote Fliegen. „Hallo, jemand zuhause?", ruft der Wilde Jäger ungewohnt zaghaft. Keine Antwort, nur ein Fensterladen schlägt. „Viel-

leicht ist sie krank und liegt in ihrem Bett“, sagt der Wilde Jäger.
„Du werscht scho wissen, wo des isch“, stichelt das Kasermandl.
Der Jäger dreht sich zu ihm um und scheint zu wachsen. „Du weißt noch, wie der Apfelbaum ausgeschaut hat, als ich mit ihm fertig war, oder?“
Da zieht sich das Kasermandl den Melcherhut ganz tief über die Ohren und schweigt stille. Aber als der Wilde Jäger daraufhin zielstrebig die Treppe in den ersten Stock hinaufsteigt, stößt es dem Schneewittchen verschwörerisch in die Rippen.
Der Wilde Jäger klopft an eine breite Tür.
„Niemand zuhause!“, sagt eine tiefe Frauenstimme dahinter.
„Ach, nun hab dich nicht so, meine Liebe“, antwortet der Wilde Jäger und stößt die Tür auf.
Und da liegt Frau Holle in einem riesigen Bett unter einer Tuchent, mächtig wie der verschneite Vulkan Vatnajökull: isländische Gänsedaune. Ihr weißes Haar deckt in dicken Flechten einen Polster, auf dem man leicht ein kleines Wikingerdorf evakuieren könnte. „Was wollt ihr denn hier?“, knurrt sie, und selbst das Kasermandl weicht ein bisschen zurück vor ihren großen Zähnen.
„Nach dir sehen, meine Liebe, nach dir sehen. Wir

machen uns Sorgen“, sagt der Wilde Jäger begütigend. „Bist du krank?“
„Mit mir geht es zu Ende“, krächzt Frau Holle.
„Lass mich raten: Schnupfen?“, sagt das Schneewittchen.
„Schlimmer: mein Adventkranz ist weg.“ Frau Holle sagt es mit Grabesstimme.
„Aber davon geht doch die Welt nicht unter!“, ruft das Schneewittchen.
„Doch. Advent ohne Kranz, das ist wie …“
„Brunzen ohne Schaß“, sagt das Kasermandl.
Alle fahren zu ihm herum, Schneewittchen schlägt sich erschrocken die Hand vor den Mund. Der Wilde Jäger räuspert sich. „Aber das reimt sich doch gar nicht. Es müsste heißen: Advent ohne Kranz, ist wie … lass mich nachdenken.“
„Ein Ball ohne Tanz“, schlägt das Schneewittchen vor.
„Gregor ohne Glanz“, versucht es Frau Holle, denn sie liebt den Sänger.
„Firle ohne Fanz“, knurrt das Kasermandl, und jeder muss zugeben, dass das der beste Reim ist.
„Wie auch immer“, sagt der Wilde Jäger, „Kranz hin, Fanz her, es liegt kein Schnee in der Welt. Du musst die Betten schütteln, mein Herz.“
„Nix muss ich. Garrr nix!“ Frau Holle zieht sich die Decke bis ans Kinn.

„Doch, musst du“, sagt das Schneewittchen und stampft mit dem Fuß auf. „Advent ohne Schnee, DAS ist garrr nix!“
„Ach was! Für das gibt’s doch jetzt Schneeeeekanonen.“ Frau Holle dehnt das Wort verächtlich.
„Aber lei, weil du so faul bisch“, sagt das Kasermandl.
Frau Holle starrt es empört an, dann zieht sie sich die Decke ganz über den Kopf.
„Das habt ihr jetzt davon.“ Der Wilde Jäger setzt sich behutsam an den Bettrand. „Nun hör mal auf mit den Fisimatenten. Hör zu, ich hab eine wunderbare Idee: Wir besorgen dir einfach einen neuen Adventkranz. Einen ganz schönen.“
Da fährt Frau Holles Haupt aus der Tuchent wie ein Kastenteufel. „Ich will aber keinen anderen Adventkranz! Ich will MEINEN! Den ich selber gebunden habe, im Pfarrheim Pradl, nach der Pilatesstunde!“
„Du machst Pilates?“, fragt das Schneewittchen verwundert.
„Wenns recht ist, junge Frau“, sagt Frau Holle spitz und zupft sich eine Haarsträhne aus dem Gesicht.
„Mit die ganzen andern alten Weiber“, lässt das Kasermandl behutsam einfließen.
Frau Holle verschwindet mit einem Zornesschrei wieder unter ihrer Bettdecke.
„Bravo, Kasermandl“, sagt das Schneewittchen.

Der Wilde Jäger atmet nur tief durch. Er lässt eine Minute verstreichen, dann wendet er sich sanft an die Bettdecke: „Wo hast du denn den Kranz gehabt?"
„Auf der Terrasse", kommt es unter der Tuchent hervor. „Die ganze Zeit. Im Schatten und in der frischen Luft, damit er nicht nadelt. Und da hat ihn wer gestohlen."
„Aber wer soll ihn denn gestohlen haben? Wer kommt denn hierher?", fragt der Wilde Jäger.
„Du", liegt es dem Kasermandl auf der Zunge, aber das traut es sich dann doch nicht auszusprechen. Also sagt es: „Die Goldmarie, des gierige Luader."
Da ist aber Schluss mit lustig. Frau Holle schießt aus ihrem Bettgebirge, dass es ausschaut, als würde der Vatnajökull ausbrechen. „Raus! Raus aus diesem Raum! Niemand beleidigt meine Goldmarie!" Ihre Zähne wirken sehr, sehr groß, und das Kasermandl zieht sich schleunigst rücklings durch die nächstbeste Tür zurück. Es ist die Balkontür, die auf die Terrasse hinausführt.
„Die Goldmarie, mein Schatz", murmelt Frau Holle immer noch erregt. Dann seufzt sie. „Jetzt war sie schon lang nicht mehr da."
„Sie muss arbeiten", sagt der Wilde Jäger, „am Christkindlmarkt."
„Ja, ja", sagt Frau Holle versonnen, „sie war schon im-

mer ein fleißiges Kind." Sie zuckt zusammen. „Jessas! Meine Kekse! Wer holt denn jetzt meine Kekse aus dem Ofen."

„Haben wir schon gemacht", beruhigt das Schneewittchen und holt eine Handvoll aus ihrer Manteltasche. „Willst du kosten?"

Frau Holle nimmt sich ein Heidesand.

„He!", dringt die Stimme des Kasermandls vom Balkon herein. „Hascht du ihn brennen lassn da draußn, dein Adventkranz?"

„Nie!", antwortet Frau Holle mit vollem Mund. „Außerdem halt den Mund! Du hast Hausverbot!"

„I moan ja lei, wegn dem ganzn Pech da auf da Terrassn."

Der Frau Holle fallen die letzten Brösel aus dem offenen Mund, da ist der Wilde Jäger schon aufgesprungen. „Vorwärts, Kameraden! Jetzt haben wir die Malefikantin! Sei beruhigt, meine Liebe, wir bringen dir deinen Adventkranz! Auf geht's, Freunde!"

Frau Holle schaut ihm mit glänzenden Augen nach. „Was für ein Mann!", denkt sie, aber da ist die Wilde Jagd schon unterwegs zur Pechmarie.

3

Die Pechmarie sitzt in ihrem Zimmer im Malfattiheim und pipperlt. Gerade schenkt sie sich ein neues Gläschen vom Weinbrand der Marke „Goldquell“ ein. Da bumpert es höllisch an der Tür. Die Pechmarie konzentriert sich ganz fest aufs Einschenken, dass ja kein Tropfen vom guten Goldquell verlorengeht. „Das Bumpern wird schon vorbeigehen“, denkt sie sich. Aber es geht überhaupt nicht vorbei, es wird nur noch lauter. Und dann, die Pechmarie hat gerade den ersten Schluck gemacht, geht die Tür auf, und der Wilde Jäger, das Schneewittchen und das Kasermandl poltern ins Zimmer.

„Man klopft an, bevor man irgendwo hereinplatzt“, sagt die Pechmarie würdevoll.

„Aber wir haben geklopft“, sagt der Wilde Jäger.

„Fest sogar“, fügt das Schneewittchen hinzu.

„Ich habe nichts gehört“, sagt die Pechmarie, dreht sich weg und nippt an ihrem Weinbrand.

„Terische Funzn“, flüstert das Kasermandl.

„Was?“, faucht die Pechmarie.

„Hearsch ja dechtesch ganz guat", sagt das Kasermandl grinsend.
„Und jetzt heraus mit der Sprache", ruft der Wilde Jäger. „Wo ist Frau Holles Adventkranz?"
Die Pechmarie erstarrt. „I woas nix, i hun nix, i sag nix!" Sie verfällt immer in den Dialekt, wenn sie sich aufregt.
„Jetzt hör einmal zu." Das Schneewittchen stemmt die Hände in die Hüften. „Jemand hat der Frau Holle den Adventkranz von der Terrasse gestohlen. Und wir haben dort eindeutig deine Pechspuren gefunden."
„Man kann mich nicht für alles Pech in der Welt verantwortlich machen", sagt die Pechmarie, die sich inzwischen wieder gefangen hat.
„Niemand macht dich hier für irgendetwas verantwortlich", sagt der Wilde Jäger salbungsvoll. „Wir wollen nur Frau Holles Adventkranz wieder. Für sie ist nämlich ein Advent ohne Kranz wie Firle ohne Fanz."
Die Pechmarie kneift misstrauisch die Augen zusammen, das Kasermandl nickt weise.
„Ohne Adventkranz", fährt der Wilde Jäger fort, „will sie ihre Betten nicht schütteln, und dann gibt es den ganzen Advent keinen Schnee. Die Raunächte werden nicht rau …"
„… und i hun koa Rua auf meiner Alm, weil di Leit aufakemmen sunnelen", sagt das Kasermandl.

Die Pechmarie wirft ihm einen schrägen Blick zu, dann fixiert sie den Wilden Jäger. „Hast du keinen Friseur?“ Sie macht eine Pause, während der Wilde Jäger über diese seltsame Frage nachdenkt. Dann setzt sie hinzu: „Dem du das alles erzählen kannst?“

Der Wilde Jäger läuft rot an, und das sollte die Pechmarie eigentlich warnen. Aber ehe sie dazukommt, sich Gedanken zu machen, fängt das Kasermandl an, mit seiner großen Nase im Zimmer herumzuschnuppern. „Pechmarie, Pechmarie, ma schmeckts ja no, dass da an Adventkranzl brennt hat in dem Zimmer.“

„Das kann man gar nicht riechen, mein Lieber“, sagt die Pechmarie triumphierend, „weil ich ihn nämlich gar nie angezündet hab, den verdammten Advent…“

Sie bricht erschrocken ab.

„Den verdammten Advent – WAS?“, fragt das Kasermandl lauernd.

„Na, den Advent … den Advent-KERZ!“, schreit die Pechmarie trotzig.

Da reichts dem Wilden Jäger aber. Blitzschnell springt er vor und nimmt die Pechmarie in den Schwitzkasten. „Jetzt ist aber Schicht im Schacht!“, brüllt er. „Wo ist der Kranz, du Metze!“

„Du bist aber ein *wilder* Jäger“, haucht das Schneewittchen in ängstlicher Bewunderung.

Die Pechmarie röchelt nur.

„A bissl a Luft meggsch ihr scho lassen“, sagt das Kasermandl begütigend.
Schuldbewusst lockert der Wilde Jäger seinen Griff ein wenig.
„Lass aus, lass mi aus! I sag ja alls!“, schreit die Pechmarie.
Nachdem der Wilde Jäger sie freigegeben hat, zupft sie sich ihren schwarzen Kittel zurecht und nimmt einen tiefen Schluck Goldquell. Aber das Glas zittert in ihrer Hand, und ganz beruhigt ist sie noch nicht, als sie zu reden beginnt: „Also, am Freitag vorm erschtn Advent war i in Pradl Adventkranzbindn.“
„Du?“, ruft das Schneewittchen.
„Gehsch eppa a Pilates?“, fragt das Kasermandl.
Die Pechmarie schaut es konsterniert an. „Spinnsch? Aloan han i mi halt gfühlt, und da han i ma denkt, a so a Adventkranzl war scho was Feins.“ Sie holt tief Luft und schaut eine Weile auf ihre Hände, die langsam aufhören zu zittern. Dann fährt sie mit leiserer Stimme fort. „Aber mein Kranz ist nix wordn. Die Frau Holle aber, die einen Tisch weiter gsessen ist, die hat so einen wunderschönen Adventkranz bunden. Mit Daxn und Efeu und so grüne Beerelen …“ Die Pechmarie schnieft. „Und dann hat sie noch erzählt, dass sie ihn immer auf die Terrassn stellt, dass er frisch bleibt. Und i denk mir: Aha!“ Trotzig schaut

die Pechmarie in die Runde. „Und in der nächsten Nacht hab i ihn pfladert."
„Und?", schnappt der Wilde Jäger. „Wo ist er jetzt?"
„Weg.", sagt die Pechmarie spitz.
Der Wilde Jäger krempelt die Ärmel hoch.
„Verkafft", sagt die Pechmarie schnell.
„An wen?"
„An die Goldmarie."
„Hab i's nit gsagt? Des gierige Luader", sagt das Kasermandl zufrieden.
„Die Goldmarie – eine Hehlerin!", stößt das Schneewittchen entsetzt hervor.
„Aber geh!", sagt die Pechmarie. „Die hat doch keine Ahnung. Ich hab ihr erzählt, ich hätt ihn selber bunden, und da war sie ganz gerührt. Ihr kennt's es ja: Sie ist furchtbar gutherzig, aber a bissl blöd. ‚Na sowas!', hat sie gsagt, ‚dass *du* dir die Arbeit antust. Das ist für mich die schönste Weihnachtsfreude!' Und da hab ich sie gfragt, ob sie den Kranz für mi weiterverkaufn tät. Sie verkauft ja jeden Schaß."
„Was denn alles?", fragt das Schneewittchen.
„Lavendelkleiderbügel, Hirschwürscht …"
„Goaßkas", sagt das Kasermandl.
„Der is koa Schaß", sagt die Pechmarie, „der is echt guat."
„Ich lieb dich", denkt das Kasermandl.

„Und hat die Goldmarie den Adventkranz verkauft?", fragt der Wilde Jäger.
„Na, gfressn wird sie ihn haben", sagt das Kasermandl.
Die Pechmarie wirft ihm einen dankbaren Blick zu.
„Ist ja schließlich ein Christkindlmarkt und keine Adventkranzaufbewahrungsstelle."
„Na denn, Freunde!", ruft der Wilde Jäger, „auf zum Christkindlmarkt!"

4

An Goldmaries Standl am Christkindlmarkt auf der Hungerburg ist die Hölle los. Die Leute drängen sich um Bienenwachskerzen, nachhaltigen Weihrauch aus Äthiopien, Fairtrade-Strohsterne von den Quechua-Indianern aus Bolivien und Biokrippenfiguren. Der Wilde Jäger und seine Freunde kämpfen sich mit sanfter Gewalt nach vorne. Sogar das Schneewittchen setzt unter dem Hermelinpelzumhang die Ellbogen ein. „Grüß dich, Goldmarie!“, ruft der Wilde Jäger, als sie schließlich am Tresen stehen.

„Hallo!“, antwortet die Goldmarie etwas atemlos. „Schön, euch zu sehen!“ Es klingt nicht ganz aufrichtig.

„Auf ein Wort, Goldmarie“, beginnt der Wilde Jäger, der nichts von Umschweifen hält. „Weißt du noch, an wen du Frau Holles Adventkranz verkauft hast?“

„Adventkranz?“ Die Goldmarie muss fast schreien über das Getöse ihrer Kunden hinweg. „Geht’s noch? Wir haben bald den vierten Advent. Da verkauft man keine Adventkränze mehr. Da könntest du ebenso gut versuchen, zu Pfingsten Ostereier zu verkaufen.“

„Schon. Aber es geht um Frau Holles Adventkranz!"

„Ja, die sind immer schön, gell? Ich hab ihr auch schon oft gesagt, sie soll mir ein paar machen. Da wär Geld drin. Aber sie bindet immer nur einen einzigen, für sich allein."

„Eben", sagt das Schneewittchen, „aber genau den hat die Pechmarie …"

„Was ist schon wieder mit der Pechmarie?" Die Stimme der Goldmarie wird schrill. „Warum versucht immer alle Welt meine Schwester anzuschwärzen?"

„Anschwärzen ist gut", sagt der Wilde Jäger halblaut.

Die Goldmarie redet einfach weiter. „Sie hat es nicht leicht, aber sie hat ein gutes Herz. Man kann sie nicht für alles Pech auf dieser Welt verantwortlich machen."

„Ganz recht!", ruft das Kasermandl, das sich soeben für einen radikalen Taktikwechsel entschieden hat. „Deswegen sein ma ja da. Weil sie heier so an schian Adventkranz gmacht hat."

„Ja, nicht wahr!" Die Goldmarie strahlt. Dann runzelt sie misstrauisch die Stirn. „Woher wisst ihr das?"

„Mia warn grad bei ihr auf an kloan Hoangascht."

„Bei ihr?" Die Goldmarie wirkt sehr auf der Hut.

„Freude schenken!", sagt das Schneewittchen mit klimperndem Augenaufschlag.

„Wo sie doch so alleine ist", fügt der Wilde Jäger hin-

zu, der des Kasermandls Schachzug nun auch durchschaut hat.
„Das ist aber lieb von euch!“ Die Goldmarie taut auf. „Moment“, sagt sie und wendet sich einer Dame im Pelzmantel zu, die auf ein geschnitztes Schäfchen deutet.
„Warum ist das so teuer?“, fragt die Dame.
Die Stimme der Goldmarie bekommt einen weichen, warmen Klang, wie Kerzenschein. „Das Holz für dieses Schafei“ – sie sagt ‚Schafei‘, weil sie den Unterländer Dialekt für besonders einschmeichelnd hält – „das Holz für dieses Schafei stammt von handumarmten Zirben. Im Zeichen geschlagen natürlich, mit schonender Axt. Nachwachsend“, fügt sie verschwörerisch hinzu.
„Dann nehm ich drei“, sagt die Dame.
„Das wären dann hundert Sterntaler“, säuselt die Goldmarie und nimmt tatsächlich einen grünen Schein entgegen.
„Pfoah!“, sagt das Kasermandl. „Du, derf i bei dir mei Muas verkaffn?“
Die Goldmarie schaut ihn stirnrunzelnd an.
„Handgschöpft!“, sagt das Kasermandl.
Die Goldmarie schüttelt den Kopf. „Hör auf. Da kriegen ja alle meine Kunden ein rußiges Gesicht.“
„Eben!“ Das Kasermandl wirft sich in die Brust.

„Nachhaltig!"
„Lieber nicht."
„Und nacha kanntesch ihnen an Fairtrade-Putzfetzn andrahn um an Fuffzga."
„Schluss jetzt!" Der Wilde Jäger wird ungeduldig. „Wir müssen zur Sache kommen. Und das geht nicht hier am Tresen. Schneewittchen!"
Das Schneewittchen schaut ihn groß an.
„Könntest du mal die Chose hier übernehmen?"
Das Schneewittchen überlegt kurz, dann zuckt es die Achseln. „Warum nicht? Wer sieben Zwerge schaukelt, der kann auch Firlefanz verkaufen."
„Wunderbar", sagt der Wilde Jäger. „Dann mal ran. Und du, Goldmarie, schenk uns zwei Minuten."
Als die Goldmarie noch immer zögert, fügt das Kasermandl hinzu: „Es geht um dei Schweschta."
Widerstrebend überlässt die Goldmarie dem Schneewittchen ihren Platz hinterm Verkaufstresen und folgt den zwei illustren Herrschaften. Beim Weggehen hören sie noch, wie das Schneewittchen der Dame mit den drei goldenen Schafen einen Lavendelkleiderbügel ans Herz legt: „Mundgekaute Lavendelnadei und eine Prise Amarant, alte Sorte, Vollmondpflückung."
„Um es kurz zu machen", eröffnet der Wilde Jäger das Gespräch, nachdem sie einen einigermaßen stillen

59,-€
EZTL'10

Winkel gefunden haben. „Deine Schwester weint um ihren Adventkranz."

„Wia a Schlosshund", sagt das Kasermandl. „Sie war so stolz drauf, und jetza druckts ihr fascht s Herzl ab, dass n verscherbelt hat."

„Er würde ihr so viel Trost bedeuten in der Stillen Zeit, hat sie gesagt. Weißt du wirklich nicht mehr, an wen du ihn verkauft hast? Bitte denk nach." Der Wilde Jäger schaut so inständig, wie er nur kann.

Die Goldmarie schaut ganz betroffen drein, dann legt sie die Finger an die Schläfen und schließt die Augen. Plötzlich hellt sich ihr Gesicht auf, aber nur Augenblicke später ist es, als fiele ein Schatten darüber. „Jetzt weiß ich es wieder", sagt sie düster. „Eine schreckliche Person."

„Dazähl!", drängt das Kasermandl.

„Da war eine blasse Frau, die den Kranz haben wollte. Aber sie hat gesagt, sie hätte nicht so viel Geld dabei. Ob ich ihn ihr auf die Seite legen könnte. Auf einmal drängt sich ein Riesenweib an den Tresen, ein Gesicht wie aus Stein gehauen. ‚Nichts da!', sagt die Große. ‚*Ich* nehm den Kranz. Ich zahl den vollen Preis.' Und sie haut mir die Scheine auf die Theke."

„Was haschn verlangt?", fragt das Kasermandl.

„Siebzig", sagt die Goldmarie abwesend.

„Gierigs Luader", murmelt das Kasermandl fast unhörbar. „Und nacha?"

„Ich sag: ‚Moment, Sie können doch nicht.' Aber die Riesin lacht nur und zeigt mit dem Daumen auf die blasse Frau: ‚Wer einkaufen will, sollt Geld im Sack haben. Und wenn das Bettelweib unbedingt einen Adventkranz will: der Wald ist voller Daxn.' Dann schnappt sie sich den Adventkranz und stolziert davon." Die Unterlippe der Goldmarie zittert immer noch vor Empörung. „Die blasse Frau hat Tränen in den Augen gehabt vor Zorn und weil sie sich so geschämt hat. ‚Die wird sich nie ändern', hat sie hervorgestoßen. ‚Das war wieder typisch Frau …' … wie hat sie glei gsagt? …"

„Frau *was*?", fragt der Wilde Jäger.

„Frau … wart, ich habs gleich … irgendwas mit Radio."

„Arbeiter!", platzen der Wilde Jäger und das Kasermandl gleichzeitig heraus.

„Neinneinnein! Was Kurzes … ach, es fällt mir im Moment nicht ein. Und seids mir nicht bös, aber ich muss jetzt wieder zu meinem Standl." Und schon zischt sie davon.

Der Wilde Jäger und das Kasermandl stehen da und runzeln die Stirnen, dass die Köpfe rauchen. „Du liebe Güte", sagt der Wilde Jäger plötzlich, „Alter, wir sind ganz schön im Arsch." Und er murmelt dem Kasermandl einen kurzen Namen ins Ohr.

„Fliag dechtesch o, he", entfährt es dem Kasermandl.

„Stellt euch vor!", ruft das Schneewittchen, als es die beiden findet. „Ich hab gleich drei Lavendelkleiderbügel verkauft! Nächstes Jahr mach ich noch Ingwerherzen und Zedernkopfkissen … was ist denn mit euch los?"

„Wir wissen jetzt, wer den Adventkranz hat", sagt der Wilde Jäger mit Grabesstimme. Er sagt es ihr, und da fällt auch dem Schneewittchen das Ladl herunter.

Alle drei brauchen jetzt einen starken Glühwein, dann machen sie sich schweren Herzens auf den Weg zur Frau Hitt.

5

Die Wilde Jagd ist zwar schneller als jeder Mountainbiker, aber auf der Höttinger Alm hängt dem Geißbock vom Kasermandl schon die Zunge heraus, und als sie am Langen Sattel ankommen, stellt er die glutroten Augen heraus wie eine Schnecke die Fühler. Sogar Schneewittchens sechsbeinige Schimmelstute wirkt ein bisschen knieweich. „Schariiit!", ruft der Wilde Jäger.

Am Beginn der Schrofen, die hinaufführen zu Frau Hitts Felsennest, sitzen sie ab und führen ihre Tiere am Zügel hinter sich her. Der Nachtwind lässt den Schweiß auf den Fellen gefrieren.

„Jetzt ist es nicht mehr weit", sagt der Wilde Jäger, der vorausgeht, und deutet auf ein Schild neben dem Steig: „Betteln und Hausieren strengstens verboten! Lebensgefahr!" Der Steig macht noch zwei Windungen und endet dann erschöpft auf einem felsigen Absatz, hinter dem sich der Spalt einer Höhle auftut. Ein wenig Licht sickert daraus hervor, so zaghaft, als würde es frieren.

„Gott zum Gruße, liebe Frau Hitt!“, ruft der Wilde Jäger mit seiner samtigsten Stimme.

„Spar dir das Süßholzraspeln! Wir geben nichts!“, kommt es scharf aus dem Felsspalt zurück.

„Was heißt da *wir*?“, fragt das Schneewittchen. „Seit wann hält es denn noch jemand bei dir aus?“

„Wir?“ Die Stimme wird glatt wie Eis. „Das sind meine Steinhündchen und ich.“ Und dann schießen drei schiefergraue Fleischerhunde aus der Höhle. Mit ihren Kettenhalsbändern und den stählernen Leinen schauen sie aus wie lebendig gewordene Klettersteige. Und doch wirken sie fast putzig im Vergleich zu der Gestalt, die hinter ihnen aus dem Felsspalt tritt und die anderen Enden der Leinen um ihre Unterarme geschlungen hat. Sie überragt den Wilden Jäger um Haupteslänge. Ihre Augen haben die gelblichweiße Farbe alter Feuersteine, ihre Lippen sind so schmal wie die Griffe in einer Neunerroute, und ihr mit winzigen Bergkristallen besticktes Kleid strahlt so viel Wärme aus wie die Weihnachtsdekoration in der Maria-Theresien-Straße. „Na sowas!“, sagt Frau Hitt mit ihrer Glatteisstimme und mustert ihre drei Besucher mit einer unterkühlten Abart von Überraschung. „Und ich hab schon gehofft – Feldspat, lass!“, unterbricht sie sich und zieht den größten ihrer Hunde zurück, der gerade angefangen hat, sich in Schneewittchens Umhang zu verbeißen. „Wisst ihr, vor etwa zwei Monaten haben sich ein paar Gören hier herauf verirrt. ‚Süßes oder Saures!', haben sie gerufen. Da haben wir ihnen eine Lektion erteilt: Feldspat …", sie deutet der Reihe nach auf ihre Bestien, „Quarz und Glimmer." Sie macht eine kleine Pause. „Das vergess ich nimmer!" Dann lacht die Frau Hitt, und ihre Zähne schauen aus wie Stalaktiten.

Das Schneewittchen zieht empört die Augenbrauen zusammen und schickt sich an, etwas zu sagen. Aber das Kasermandl kommt ihm zuvor. „Mir sein stolz auf di", sagt es schnell. „Frau Hitt, es geht um Folgendes: mir sein nämlich da wegn dem Adventkranz von da Pechmarie."

„Von der Frau Holle, um genau zu sein", fällt ihm der Wilde Jäger ins Wort.

„Könntet ihr euch bitte auf *eine* Version eurer Bettelgeschichte einigen?" Die Feuersteinaugen der Frau Hitt verraten keine Regung.

„Es geht um den Adventkranz, den du der Goldmarie abgekauft hast", springt das Schneewittchen ein.

„Dann geht es also um *meinen* Adventkranz. Nur um das klarzustellen", sagt die Frau Hitt.

„Ganz recht, gute Frau", beeilt sich der Wilde Jäger zu sagen. „Aber eigentlich ist es … ähem: *war* es Frau Holles Adventkranz. Sie hat ihn nämlich gebunden, im Schweiße ihres Angesichts."

„Und wenn sie ihn nit zruggkriagt, lasst sie's nit schneibn, vaschteasch?", sagt das Kasermandl.
Das Schneewittchen macht einen Schritt vor. „Kein Schnee, den ganzen Advent, nicht einmal zu Weihnachten!"
„Mirdochwurscht." Nein, die Frau Hitt wirkt noch nicht sonderlich gerührt.
„Denk an die Kinder!", ruft der Wilde Jäger.
Das Gesicht der Frau Hitt zeigt so viel Wärme wie ein gefrierendes Rinnsal.
„Falsche Taktik", denkt sich das Schneewittchen. „Stell dir vor, wie Feldspat, Quarz und Glimmer in den Schneeflocken herumtollen", versucht sie es noch einmal.
„Greif." Die Frau Hitt streckt dem Schneewittchen ihren rechten Unterarm entgegen. Das Schneewittchen berührt ihn leicht. Er fühlt sich an wie das Tragseil der Hafelekarbahn um Mitternacht.
„Nur damit du weißt, wie kalt mich euer Gejammer lässt", sagt die Frau Hitt. „Ich hab hier alles, was ich will: Eis und Wind und kalte Sterne. Ich brauch keinen Schnee."
„Zu was brauchschn nacha an Adventkranz", fragt das Kasermandl.
„Die erste gute Frage dieses Abends", sagt die Frau Hitt und streicht sich über ihr Bergkristallgewand.

„Wisst ihr, ich habe eine Schwäche für teure Dinge. Dinge, die sich das einfache Gesindel nicht leisten kann. Ein Adventkranz für *siebzig Sterntaler*", sie ahmt die zuckersüße Stimme der Goldmarie nach, „das gefällt mir. Siebzig Euro für einen Haufen Gartenabfälle, die eine triefäugige alte Vettel zusammengestöpselt hat. Im Schweiße ihres Angesichts." Sie schaut dem Wilden Jäger tief in die Augen. Der beginnt vor Wut zu zittern.

„Wieso nimmsch sie nit oanfoch in Schwitzkaschtn wia die Pechmarie?", flüstert ihm das Kasermandl zu. Aber nicht leise genug.

„Ja genau, warum probierst du's nicht?", fragt die Frau Hitt fast sanft und tritt einen Schritt auf den Wilden Jäger zu. Ihr Gesicht wirkt plötzlich wie eine Felswand vor einem Gewitter, und ihre Hunde knurren, und ihre Augen sind wie Wetterleuchten.

„Warum ich's nicht tu?", knirscht der Wilde Jäger, und dann beginnt er zu wachsen, überragt zuerst die Frau Hitt und dann ihren Höhleneingang. Die Luft knistert, aufgeladen von einer uralten Macht. Das Gesicht der Frau Hitt beginnt zu bröckeln wie eine Schotterhalde. „Warum ich's nicht tu?", heult es aus den Wolkenfetzen über ihren Köpfen. „Weil der verdammte Adventkranz verdammt nochmal ihr gehört! Ich *darf* nicht!" Ein Blitz fährt aus den Wolken und kracht ohnmächtig ins Brandjoch, dann steht der Wilde Jäger wieder in menschlicher Größe da, bebend vor Zorn.

„Da hab ich ja noch einmal Glück gehabt“, sagt die Frau Hitt spöttisch. Sie hat sich schon wieder gefangen, während die Hunde immer noch zittern und das Kasermandl seinem Geißbock beruhigend den Rücken krault. „Wie brav du geworden bist, seit …“ Sie deutet auf das Gipfelkreuz, das sich hinter ihr vor den schnellziehenden, silbern gerahmten Wolken abzeichnet. „Aber hören wir doch auf mit diesem Geplänkel. Wenn ich es richtig verstehe, wollt ihr den *verdammten*“ – sie lächelt ihr Stalaktitenlächeln – „Adventkranz. Also machen wir's kurz: Was bietet ihr?“

Das Schneewittchen streift sich eine Handvoll Raureif aus dem ebenholzschwarzen Haar. „Siebzig. Das wäre ein sehr anständiger Preis, finde ich. Immerhin haben wir bald den vierten Advent. Das ist fast so, als würden wir dir zu Pfingsten ein Osterei abkaufen.“ Schneewittchen ist immer noch sehr beeindruckt von der Goldmarie.

„Aber du vergisst den Schnee, meine Liebe. Denk doch an die *Kinder!*“ Die Frau Hitt grinst süßlich.

„Hundert“, sagt das Kasermandl.

Die Frau Hitt krault Quarz – oder ist es Glimmer? – angelegentlich hinter den Ohren.

„Hundertvierzig. Letztes Angebot!“, ruft der Wilde Jäger.

Die Frau Hitt lacht. Es klingt, als bräche ein Haken aus einer Felswand. „Ach, lassen wir das. Ich habe geschwindelt. Der Adventkranz ist gar nicht verkäuflich.“

Der Wilde Jäger ballt die Faust, dass Funken daraus sprühen. Dann lässt er sie sinken. Als er sich zu den anderen umdreht, wirkt sein Gesicht alt und müde. „Gehen wir, Freunde. Ich hab von Anfang an gewusst, das hat keinen Sinn. Niemand kann eine Riesin aus Niflheim rühren, glaubt mir, ich spreche aus Erfahrung.“

Das Schneewittchen spürt, wie ihm die Tränen in die Augen steigen, und wendet sich schnell ab.

Das Kasermandl packt seinen rechten Fuß, um sich vor Wut mitten entzweizureißen. Da fällt ihm sein Vetter ein, dem das gar nicht gut bekommen ist. Also stampft es mit dem Fuß auf, nimmt seinen Geißbock am Backenriemen und beginnt, den Pfad hinunterzusteigen.

6

Ein paar Steine poltern in die Finsternis, als das Kasermandl seinen Geißbock um die erste Wegbiegung führt.

Das Schneewittchen fühlt, wie eine Träne auf seiner Wange gefriert. „Achtung. Rutschig!“, ruft es nach hinten.

„Ich pass schon auf“, knurrt der Wilde Jäger. Seine Stimmung ist so schwarz wie die schneelosen Raunächte, die vor ihm liegen.

„Halt!“, kommt da die Stimme der Frau Hitt von hinten. „Warum so mutlos? Ich bin doch kein Ungeheuer.“

Der Wilde Jäger spürt, wie sich sein Rücken versteift. Er bleibt stehen, ohne sich umzudrehen.

„Ich hab doch nur gesagt, der Kranz ist nicht *verkäuflich*. Das heißt aber nicht, dass ihr ihn nicht haben könnt.“ Die Frau Hitt wartet, bis sich der Wilde Jäger und das Schneewittchen nach ihr umdrehen. Als schließlich auch der Melcherhut des Kasermandls wieder um die Ecke lugt, fährt sie fort. „Kommt doch zurück. Wir wollen nicht so traurig auseinandergehen.“ Lacht sie heimlich in sich hinein, als sie den zaghaften Hoffnungsschimmer auf Schneewittchens Gesicht sieht?

Als alle wieder auf der Felsplatte vor ihrer Höhle stehen, breitet die Frau Hitt ihre langen Arme aus. „Ich hab mir gedacht, ihr könntet euch den Adventkranz ersingen!“

Das Kasermandl schaut zum Schneewittchen hinüber und tippt sich mit dem Finger an die Stirn. Die Frau Hitt sieht es wohl, aber sie fährt ungerührt fort. „Jawohl, ersingen. Wir werden gemeinsam ein Lied singen. Mein Lieblingslied!“

„Gold und Silber lieb ich sehr?“, knurrt der Wilde Jäger.

„Nicht doch! Ein Anklöpflerlied, wie es sich gehört für die stade Zeit.“ Die Frau Hitt schaut die drei an, als käme jetzt die große Überraschung für einen Kindergeburtstag. Dann holt sie tief Luft und rollt die Augen: „Wer klopfet an?“ Ihre Stimme ist tief und voll. Und sehr bedrohlich. „Ich bin die Wirtin. Und ihr, ihr seid die Anklöpfler: Oh drei gar ahaharme Leut!“ In den hohen Tönen klingt sie so schrill, dass ihre Hunde sich am Boden winden. „Ihr müsst richtig demütig sein: ‚Ach, um Gottes Liehib wihir bihitten.‘ An dieser Stelle möchte ich dich deutlich hören, Jäger, aus vollem Herzen! Und dann so weiter, bis zu meiner Lieblingsstelle: Nein, nein, nein, das kann nicht sein, so geht nur fort, Ihr. Kommt. Nicht. Rein!“ Die Frau Hitt strahlt jetzt, und wenn das Mondlicht nicht täuscht, haben sich sogar ihre Wangen ein wenig gerötet. Wie Morgenrot vor einem Wettersturz. „Und dann, Kinder: Dann hetz ich die Hunde auf euch!“ Ihre Augen glänzen. „Und wenn ihr den Berg hinunterrennt, werf ich euch den Adventkranz nach. Na?“ Erwartungsvoll lächelt die Frau Hitt in die Runde. Ihre Stalaktiten glänzen feucht im Mondlicht.

Das Kasermandl fängt sich als Erstes: „Woasch was, du spinnate Funzn? Bevor i des tua, lass i mi in a Pfeifn stopfn und zammrachn af an Goaßgogl.“

Der Wilde Jäger geht zu seinem achtbeinigen Hengst, setzt seelenruhig seinen Fuß in den Steigbügel und dreht sich zur Frau Hitt: „Hör zu, du hirnverbranntes Luder: Schieb dir deinen Adventkranz mitsamt allen vier Kerzen …“ Er verstummt, schaut das Schneewittchen an, sieht befriedigt, dass es sich die Hände über die Ohren legt, und vollendet, was er sagen will, mit Inbrunst: „in deinen pickeligen, borstigen Riesinnenarsch!“ Dann sitzt er zufrieden auf.

„Heißt das etwa ‚Nein‘?“, fragt die Frau Hitt.

„Nur, dass wir uns noch etwas beraten müssen, wegen

der Stimmen", ruft das Schneewittchen eilig. Dann zieht es den Wilden Jäger mit überraschender Kraft wieder aus dem Sattel, packt das Kasermandl am Ärmel und zerrt die beiden an den äußersten Rand der Felsplatte. „Seid ihr von allen guten Geistern verlassen? Wir werden doch jetzt nicht aufgeben! Und den ganzen schönen Schnee opfern für euren blöden männlichen Stolz."

„Da sieht man, dass du es nur mit Zwergen zu tun hast", entgegnet der Wilde Jäger hoheitsvoll.

„Aber ihr seht doch, dass dieses Ungeheuer völlig durch den Wind ist. Was ist denn schon dabei, einer verwirrten alten Frau ein Liedchen zu singen?"

„Und sich von ihre Hund in Arsch beißn z lassn", grollt das Kasermandl.

„Das wird dein Lederhintern schon aushalten. Denk an die lästigen Leut, die sich auf deiner Alm sonnen."

„Von mir aus sollns ma a no den Schnaps wecksaufn. I sing nit!" Das Kasermandl verschränkt die Arme vor der Brust.

„Aber du, Wilder Jäger: Denk an die Raunächte ohne eine einzige Schneeflocke!"

„Ich hab schon Schlimmeres erlebt. Hab sogar die Götterdämmerung überstanden, ohne um Gottes *Liehib* zu bitten." Der Waidmann wendet sich wieder seinem Pferd zu.

„Und die Frau Holle?“ Das Schneewittchen muss sich ein Grinsen verkneifen, so schnell fährt der Wilde Jäger zu ihr herum. Sie ahmt seine tiefe Stimme nach: „Keine Sorge, meine Liebe, wir bringen dir deinen Adventkranz.“ Der Jäger streicht sich verlegen durch sein graues Haar. Das Schneewittchen registriert es befriedigt und holt zum letzten Streich aus: „Also: bist du ein Waid*mann* oder eine Waid*maus*?“ Und weil es so schön in Fahrt ist, wendet sich das Schneewittchen gleich dem Kasermandl zu. „Wenn wir den Adventkranz nicht bringen, bleibt natürlich wieder einmal alles an der Pechmarie hängen.“

„Aber“, setzt das Kasermandl an.

„Nix aber!“, schneidet ihm das Schneewittchen das Wort ab. „Wenn die diebische Schnapsdrossel nicht zu faul gewesen wär, sich einen eigenen Adventkranz zu binden …“

„Ma kann sie nit für alles Pech …“, versucht es das Kasermandl lahm.

„Tu ich auch nicht. Aber *dich* mach ich verantwortlich. Weil du dir zu gut dafür bist, für deine Pechmarie ein bissl zu singen.“

„Isch nit *mei* Pechmarie“, schmollt das Kasermandl.

„Wird das heute noch was?“, schneidet die Stimme der Frau Hitt durch die Nacht.

„Schon bereit!“, antwortet das Schneewittchen. „Ich

Sopran, das Kasermandl Bariton und der Wilde Jäger Bass.“ Sie schaut die Männer an. „Gehen wir’s an?“

„Fein!“, ruft die Frau Hitt und klatscht in die Hände. „Bleibt gleich da, wo ihr seid, die Pferde lasst stehen, Bettler haben keine Pferde. Den Geißbock könnts mitnehmen, der schaut schäbig genug aus. Gut so. Und jetzt alle ein bisschen demütiger. Jäger, tiefer den Kopf, jaaa, genau so. Kasermandl, was ist denn los? Runter mit dem Hut! Du bist ein Bittsteller, vergiss das nicht!“

Das Schneewittchen hört die letzten Worte gar nicht, so laut knirscht das Kasermandl mit den Zähnen. „Pechmarie!“, flüstert sie ihm zu. Da zieht das Kasermandl seinen Melcherhut. Es hat eine Glatze. Das Schneewittchen unterdrückt ein Kichern, als es zuschaut, wie die ersten Schneeflocken darauf schmelzen.

„Wunderbar! Schön so, meine Bettelbande! Legen wir los!“, kreischt die Frau Hitt. „Drei – vier: Wer klopfet an?“ Tief dringt ihre Stimme durch den Flockenwirbel.

Das Schneewittchen rundet die Lippen bereits zum ‚Oh‘ von ‚Oh drei gar aharmehe Leut“, da legt ihr der Wilde Jäger seine schwielige Hand auf den Mund. Sie wehrt sich, aber der Jäger ist viel, viel stärker als sie. „Was ist los?“, schreit die Frau Hitt ungeduldig.

„Was los ist?“, entgegnet der Wilde Jäger. „Es schneit. DAS ist los!“

Das Kasermandl ruckt aus seiner gebückten Bettlerhaltung hoch, begreift und setzt sich als Erstes seinen Hut wieder auf.

„Und weißt du, was das bedeutet, liebe Frau Hitt?“ Der Wilde Jäger streckt beide Hände in die Luft, ballt sie zu Fäusten und lässt dann die Mittelfinger hochschnellen, in die immer dichter fallenden Flocken. „Ich sags dir: „Schieb dir deinen Adventkranz …“, er schaut zum Kasermandl hinüber, und sie brüllen die letzten drei Worte gemeinsam.

Ich will sie hier nicht wiederholen, weil das eine Adventgeschichte ist. Aber als sie danach lachend zu ihren Pferden laufen und den steilen Weg, weit schneller, als sie ihn heraufgeschlichen sind, wieder hinunterreiten, wird dem Wilden Jäger erst klar, dass auch das Schneewittchen mitgeschrien hat. Ziemlich laut sogar.

„Und jetzt spornstreichs zu meiner guten, wunderbaren Frau Holle! Aber Ruckizucki Palmencombo!“, ruft der Wilde Jäger, als sie endlich den Langen Sattel erreichen. Es ist nicht übertrieben zu behaupten, dass er ein bisschen überdreht ist im Moment. „Galopp marsch!“

7

Diesmal landen sie weich. Der Pulverschnee auf Frau Holles Wiese ist knietief. Der Backofen ist nur mehr ein sanfter Mugl unter der weißen Decke. Was ihn nicht davon abhält, sein Lied zu singen: „Meine Kekse sind schon längst ausgebacken!" Unter dem Schnee klingt er wie ein Lawinenopfer, das die Hoffnung schon aufgegeben hat.

„Na los, holen wir die Plätzchen raus", sagt der Wilde Jäger.

„Bei uns sagt ma Keggsln!", kann sich das Kasermandl nicht verbeißen anzumerken.

„Na gut, dann halt Kekseln", sagt der Wilde Jäger gutmütig.

Nachdem sie sich die Taschen mit warmen Vanillekipfelen und Linzer Augen vollgestopft haben, setzen sie ihren Weg fort. Schon von weitem hören sie den Apfelbaum: „Schüttel mich, schüttel mich! Meine Äpfel sind schon alle reif!" Seine Äste hängen unter der doppelten Last von Schnee und Äpfeln fast bis zum Boden. Als aber der Wilde Jäger in Sicht kommt, ändert sich sein Singsang schlagartig: „Achtung, Schneelast! Nicht schütteln! Niiicht schütteln!"

„Ha!", macht der Wilde Jäger befriedigt und stapft weiter.

Warm und gelb leuchten die Fenster von Frau Holles Haus durch das Schneegestöber. Die drei Reisenden stellen ihre Tiere in den Stall, klopfen sich den Schnee von den Kleidern und treten ein.

Der Herdofen bullert, Frau Holle sitzt mit roten Wangen am Küchentisch, das weiße Haar zu einem ordentlichen Gogl aufgesteckt. „Da schau her! Was für liebe Gäste! Herein mit euch, nur herein!"

„Genau! Hockts eich hera, sei ma mehra!", ruft die Person, mit der sie am Tisch sitzt.

„Ja, da wird doch der Hund in der Pfanne …", stammelt der Wilde Jäger.

„Schpinni?", sagt das Kasermandl.

„Grüß dich, Pechmarie", sagt das Schneewittchen.

„Na, jetzt sagt ihr nichts mehr, hmmm?" Frau Holle weidet sich an der Sprachlosigkeit ihrer Gäste. Dann steht sie auf und holt drei weitere Stampelen aus der Kredenz. „Jetzt setzt euch doch endlich. Wir haben euch nämlich eine schöne Geschichte zu erzählen, was, Pechmarie?" Sie zwinkert der Pechmarie zu, und die kichert in sich hinein.

„Tja, wir leider nicht, meine Liebe.“ Der Wilde Jäger räuspert sich verlegen und schielt immer wieder zur Pechmarie hinüber. „Wir konnten nämlich den Adventkranz nicht finden.“

„Macht doch nichts“, sagt die Frau Holle. „Ich hab inzwischen einen neuen.“ Sie weist mit großartiger Geste auf die Mitte des Küchentisches.

Was dort steht, verhält sich zu einem Adventkranz ungefähr so wie der Geißbock des Kasermandls zum achtbeinigen Hengst des Wilden Jägers. Jemand hat drei räudige Fichtenzweige mit Bindedraht zu einem mühsamen Oval gezwungen. Eine der Kerzen ist ein Grablichtl, eine andere zweifellos eine Opferkerze, die ausschaut, als hätte sie der Kaiser Franz Joseph bei seinem letzten Besuch am Höttinger Bild gestiftet. Als Dekoration hat ein wahrscheinlich verhaltensauffälliges Kind zwei hölzerne Krippenschafe mit Reißnägeln an die Zweige geheftet. Dem Wilden Jäger sträuben sich die Haare. „Wer hat dir das angetan?“, schreit er.

Frau Holle lächelt milde und deutet auf die Pechmarie. Noch ehe sich der zornige Jäger nach ihr umdrehen kann, springt das Kasermandl vor. „Mei bärig!“, sagt es, und versucht, eines der Schafe zu streicheln. Dabei fallen dem Kranz zwanzig seiner letzten dreißig Nadeln aus.

„Vorsichtig!“, sagt das Schneewittchen. „Wär doch schade um den schönen Kranz, nicht wahr, Wilder Jäger?“
„Jammerschade“, ringt sich der ab und setzt sich neben Frau Holle. „Der sieht aus, als könnt ich einen Schluck gebrauchen.“ Er streckt ihr sein Stamperl hin und sie schenkt ihm ein, Goldquell, vom Guten.
„Erzähl, Pechmarie, hast du den etwa selber gemacht?“ Mit einem behaglichen Schauder zeigt das Schneewittchen auf die Dornenkrone mit den Grablichtln.
Bei so viel Anteilnahme ist die Pechmarie ganz gerührt von sich selber. Sie nimmt noch einen Schluck, weil es sich dann leichter redet, auch wenn der Goldquell ihren Tiroler Zungenschlag verstärkt. „Also, wia es gangen seids, es letschte Mal, da war i ganz z'ritt. Weil ja i die Schuld war an dem ganzen Kokolores. Dass s' dem Kasermandl die Hüttn einrennen, und dass die Frau Holle so letz beinand isch. Und da hab i ma denkt, jetzt zoag i eich, dass i nit lei a versoffens Luader bin. Des zoag i enk, hab i ma gsagt. Nacha bin i um a paar Daxn gangen beim Komposcht außn, und in da Kapelln im Malfattiheim hab i die Kerzn gfundn, und von da Hildegard – des isch mei Nachbarin – hab i ma die Schafln … ähmm … ausgliechn. De siecht nämlich eh nix mehr, die Hildegard. Und

nacha han i ihn gmacht, den Adventkranz!“ Mit feuchten Augen deutet sie auf ihr Werk.

„Und schian isch a!“, ruft das Kasermandl aus.

„Er gefällt ihm wirklich“, dämmert es dem Schneewittchen.

„Und dann bist du mit deinem – äh – Werk einfach so hier hereinspaziert?“, fragt der Wilde Jäger.

„Einfach? Einfach, mein Herr?“ Mit dem Wilden Jäger versucht die Pechmarie immer Hochdeutsch zu reden. „Vergiss den Backofen nicht. Den hab ich natürlich ausgeräumt. Bedient euch!“ Mit Grandezza weist sie auf eine Schüssel mit halb verkohlten Zimtsternen. „Sein a bissl anbrennt“, raunt sie dem Kasermandl zu, „weil mein Motto ischt: Eile mit Weile. Aber irgendwann bin i dann doch vor dem Bett von der Frau Holle gstanden. Sie hat gschlafn, und dabei hat sie so letz ausgschaut. Und da hat sie ma so derbarmt, weil ja i die Schuld war, und da hab i nit andersch kennen…“, sie schnieft, „da hab i miassn … rearn.“ Und schon fließen ihr die Tränen wieder über die Wangen.

Die Frau Holle springt ein. „Und davon bin ich aufgewacht. Und seh die flennende Pechmarie vor meinem Bett stehen. Ich gebe zu, meine erste Begrüßung war ein wenig kurz angebunden.“

„Kurz angebunden?“, ruft die Pechmarie. „„DU

WAGST ES!‘, hasch du gschrien. Und deine Zännt warn SO groß!“ Sie hebt zur Veranschaulichung ihr Bleikristallstamperl in die Höhe.
„Und da hat sie natürlich noch lauter geheult“, setzt die Frau Holle ungerührt fort. „Und weil sie kein Wort herausbringen hat können, hat sie mir einfach ihre Flasche Goldquell und den Adventkranz entgegengestreckt in ihrer Hilflosigkeit. Und da ist meine Wut verflogen.“ Frau Holles Stimme wird leiser. „Und dann hat sie den Adventkranz aufs Bett gelegt und mir mit der freien Hand Keksln angeboten. Stellt euch das vor: Keksln und Weinbrand!“ Jetzt werden auch Frau Holles Augen feucht. „Wisst ihr, was ich meine? Keksln und Weinbrand – Kuchen und Wein? Ich hab nie Kinder gehabt, und schon gar keine Enkelkinder. Und dann: Kuchen und Wein!“ Frau Holle hält inne, holt ein großes Taschentuch aus ihrer Schürze und tupft sich die Augen ab.
„Und dann hupft sie auf“, nimmt die Pechmarie den Faden auf, „schreit: ‚Mein Pechkäppchen!‘ und druckt mi, dass i glab, jetzt gib i glei in Löffl ab. Bei *der* Groaßmuatter mecht i nit da bease Wolf sein.“
„Hast es ja gut überstanden, mein Kind“, sagt die Frau Holle, beugt sich über den Tisch, zwickt die Pechmarie in die Wangen und drückt ihr ein Bussl auf die Stirn. Sie strahlt in die Runde, setzt sich mit einem

tiefen Seufzer wieder hin und fährt fort: „Dann haben wir als Erstes ordentlich die Betten geschüttelt, danach haben wir die Küche geputzt und den Herd angeschürt und es uns gemütlich gemacht."

„Morgen hab i sicher an Muschgglkater", raunt die Pechmarie dem Kasermandl zu.

„Du arme Haut. Aber ganz was anders: was hat dir eigentlich die Goldmarie für den Adventkranz zahlt?"

„An Zwanzga."

„Des gierige Luader."

„Lass ja mei Schwester in Rua! Man kann sie nit für alles Gold in der Welt verantwortlich machen."

Darüber muss das Kasermandl erst einmal nachdenken. Aber es kommt nicht weit, denn Frau Holle ergreift wieder das Wort: „Und wie ist es euch so ergangen?"

„Ach", antwortet der Wilde Jäger betont bescheiden, „Wir haben nach deinem Adventkranz gesucht, mal hier, mal da."

„Süß!", sagt die Frau Holle und hakt sich bei ihm unter. „Und das am vierten Adventsonntag. Da könntet ihr ja genausogut zu Pfingsten Ostereier suchen gehen! Dass ihr euch das für mich angetan habt!" Und sie gibt dem Wilden Jäger einen Schmatz auf die Wange. Darauf wird angestoßen, und auf die Pechmarie, und auf den Schnee und auf den schö-

nen Adventkranz und auf jedes der Schafelen. Als der Goldquell zu Ende geht, holt Frau Holle den Hollerschnaps aus der Speis. Irgendwann fangen sie an zu singen: Es wird scho glei dumpa, Es hat sich halt eröffnet, Gott griaß enk Leitln. Das Grablichtl am Adventkranz hat schon seine Seele ausgehaucht, als Frau Holle anstimmt: „Wer klopfet an?"
„Jessas!", schreit der Wilde Jäger. „Der Apfelbaum!"
„Marantana!", kreischt das Kasermandl. „Schnell!"
„Ich helf euch!", ruft das Schneewittchen, und schon sind alle drei bei der Tür draußen.
Die Pechmarie schaut ihnen kopfschüttelnd nach. „I hatt' den glatt vergessn", sagt sie dann und gönnt sich noch einen fürs Herz.
Als die drei zurückkommen, gibt es Bratäpfel. Draußen schneit es weiter.
Die Küchenuhr zeigt bald Mitternacht, als der Wilde Jäger aufsteht. „Gnädigste, liebe Freunde!", hebt er feierlich an. „Die Pflicht ruft. Es ist Thomasnacht, die erste der Raunächte. Und dank euch, ihr Lieben und Tapferen, eine tiefverschneite Winternacht." Sein kantiges Gesicht scheint von innen zu leuchten. „Ich freue mich darauf, heute in den Sattel zu steigen, in dem schönen Wissen, treue Gefährten am wohlverdienten warmen Ofen zurückzulassen. Ich danke euch."

Das Schneewittchen kriegt feuchte Augen, und nicht einmal dem Kasermandl fällt eine blöde Bemerkung ein. Frau Holle aber nimmt die Hand des Wilden Jägers und legt sie sich an die Wange. „Lieber", sagt sie. „Hast du noch die kleine sechsbeinige Stute?"
Der Wilde Jäger schaut zärtlich auf sie herunter. Er muss schlucken, ehe er antworten kann. „Damensitz?", fragt er leise.
Sie schaut mit großen Mädchenaugen zu ihm auf. „Aber hallo." Dann springt sie auf und fällt ihm um den Hals.
Das Kasermandl und die Pechmarie klatschen in die Hände. Das Schneewittchen aber sagt: „Und ich?"
Es wird still in der Küche. „Du willst auch mit?" Der Wilde Jäger wirkt ein bisschen hilflos.
„Kannsch mein Goaßbock nemmen", sagt das Kasermandl.
Da hüpft das Schneewittchen deckehoch und gibt ihm ein dickes Bussl auf die Nase. Dann wickelt es sich wie ein Wirbelwind in seinen Hermelinumhang, ruft noch einmal „Danke, Kasermandl!" und huscht durch die Tür in den Flockenwirbel, in dem der Wilde Jäger und die Frau Holle verschwunden sind. Wenig später hören das Kasermandl und die Pechmarie eine Peitsche knallen, dann hebt sich die Wilde Jagd in den schwefelgelben Schneehimmel.

„He, he", sagt das Kasermandl. „Jetzt hamma endlich a Ruah." Es rutscht näher an die Pechmarie heran, und die rutscht nicht weg.

„Du", sagt sie. „Was machschn du zu Weihnachten?"

„Ja mei, i han halt mei Alm. Da mach i ma a feins Muas, und nacha gibt's an Kerschbuacher." Das Kasermandl schaut still vor sich hin. „Und vielleicht kimmt mi mei Prinzessin b'suachn."

„Aha." Die Pechmarie rückt vom Kasermandl ab. „Wasn für a Prinzessin?"

„A Walsche."

Die Miene der Pechmarie verfinstert sich weiter.

„Maria di Malfatti hoaßt sie. Und Adventkranzln kann sie bindn, da rollts da die Zeachnnägl au vor Freid."

„Und du moansch, de kimmt?" Die Pechmarie rückt wieder eine Hinternbreite näher.

„Wenn nit, hol i sie bei die Ohrwaschnln aus ihrm Zimmerle."

„Bleder Hund", sagt die Pechmarie zärtlich und küsst das Kasermandl, dass es ihm die Zeachnnägl aufrollt. Aber hallo!

Von beasn Geistern und beasn Weibern und alln sölln Zuig, was ummalaft

Was Sie über Frau Holles Wilde Bande wissen sollten – und wie Sie sich vor ihr schützen können.

Was soll denn so rau sein an den Raunächten?
Warum redet der Wilde Jäger wie ein Piefke, und was hat er für ein Gspusi mit der Frau Holle?
Warum ist die so scharf auf die Wilde Jagd?
Was hat die Frau Hitt gegen Bettler und die Goldmarie gegen das Mus vom Kasermandl?
Für mich ist das alles so klar wie der Sternenhimmel über der Nordkette, denn ich hatte das Glück, dass mir meine Großmutter, meine Mutter und mein Vater diese alten Geschichten erzählt haben. Am warmen Ofen, am Lagerfeuer oder im Schein des Adventkranzes, meist vor dem Einschlafen.
Ich gebe zu, hie und da hab ich mich dann gefürchtet, allein im Dunkeln, *vor alln beasen Geistern und beasen Weibern und alln sölln Zuig, was ummalaft.* Aber ich habe auch gelernt, mich zu schützen. Ich

weiß genau, wo ich mich hinwerfen muss, wenn die Wilde Jagd zufällig über mich hinwegdonnert, und wenn mir das Kasermandl je von seinem Mus anbietet, werde ich freundlich sagen: „Sehr lieb, aber ich habe gerade gegessen."

Als ich jedoch angefangen habe, mit meiner Adventgeschichte hausieren zu gehen, ist mir aufgefallen, dass viele meiner Probeleser dem Tiroler Nachtvolk hilflos ausgeliefert wären, dass sie zum Teil gar nicht wissen, was für lichtscheues Gesindel sich gerade in den Raunächten in unseren Bergen herumtreibt. Ich will daher versuchen, die dunklen Gestalten und Hintergründe unserer Adventgeschichte ein wenig zu beleuchten. Denn abgesehen vom Schutzfaktor: Dem Nichteingeweihten entgeht sonst die eine oder andere Anspielung und damit vielleicht das eine oder andere Schmunzeln.

Wo mir das Selbstgehörte zu vage erscheint, stütze ich mich bei den folgenden Ausführungen auf die großen Märchen- und Sagenforscher: die Gebrüder Grimm und den Tiroler Ignaz Vinzenz Zingerle. Was Brauchtum betrifft, habe ich immer wieder vertrauensvoll im Standardwerk „Tiroler Brauch im Jahreslauf" von Friedrich Haider nachgeschlagen. Gut, dass es sowas gibt, denn wie Sie schon im ersten Kapitel sehen werden: Die Sache ist manchmal ganz nett verzwickt.

Die Raunächte

Das sind, vereinfacht gesagt, die Nächte zwischen der Wintersonnenwende (dem 21. Dezember) und Dreikönig. Streng genommen sind es nur zwölf Nächte: nach alter Lesart zwischen der Wintersonnenwende und dem 2. Jänner, nach neuer, christlicher Rechnung zwischen Weihnachten und Dreikönig. Da sich jedoch gerade in den Raunächten Altes und Neues, Heidnisches und Christliches, ein fast schon frivoles Stelldichein geben, lassen wir fünf gerade sein.
Man nennt diese dunklen Stunden auch die Nächte zwischen den Jahren, weil sie großteils zwischen dem Ende des alten Sonnenjahres und dem Beginn des neuen Kalenderjahres liegen. In diesen Nächten soll die Grenze zwischen dem Diesseits und dem Jenseits besonders dünn sein. Da schleichen die Seelen der Verstorbenen um die Häuser und begehren Einlass. Schon die alten Germanen haben Räucherwerk verbrannt, um die toten Seelen draußen zu halten, daher der Name Rau(ch)nacht. Das Räuchern ist vom Christentum übernommen worden, und noch heute gehen traditionsbewusste Familien in den Raunächten mit einem Weihrauchpfandl die Runde, um ihr Haus zu schützen und zu segnen: „*… und alle die da gehen ein und aus*", wie es in dem alten Segensspruch

heißt. Geräuchert wird heute vor allem zu Dreikönig. Im Tiroler Brauchtum jedoch sind die Raunächte schon lang vor der Ankunft der Heiligen Drei Könige begangen worden, wobei höchst unheiliges Gesindel im Mittelpunkt stand, das bis heute fröhliche Urständ feiert. So gehen Perchtenumzüge, aber auch Krampusläufe auf die alten Dämonen zurück. Auch die Anklöpfler oder Anklöckler, die die Kirche zur demütigen Herbergssuche verdonnert hat, kommen ursprünglich aus dem Personal der heidnischen Raunacht. Aus manchen ihrer Liedtexte ist die alte, rauere Tonart noch gut herauszuhören. Die folgenden Zeilen etwa, die aus Feldthurns in Südtirol stammen, haben wenig mit „ach um Gottes Lieb wir bitten" zu tun:

Bäurin, back Krapfen, die Klöckler sein do, suscht schlagn mir dein Herd samt da Butterpfann o!

Sie sehen schon: Es ist nicht gut Krapfen essen mit den finsteren Gesellen, die in den Raunächten um die Häuser ziehen. Hoch über ihren Köpfen aber reitet die Wilde Jagd – und mit der ist noch weniger zu spaßen.

Sie hat in den Raunächten die Lufthoheit über ganz Europa. Von Skandinavien, wo man sie nach dem altnordischen Göttervater „Odensjakt“ (Odins Jagd) nennt, bis Italien, wo sie als „caccia morta“ (Tote Jagd) über den Winterhimmel zieht: ein Heer von Geistern, jüngst Verstorbenen oder schon lange Erschlagenen, unschuldigen Kindern oder Verdammten, im Büßerhemd oder mit dem Kopf unterm Arm, je nach Beschreibung.
Der erste Bericht über die „chasse sauvage“, wie man in Frankreich sagt, stammt von einem normannischen Priester namens Gauchelin und datiert aus dem Jahr 1091:

„Dann erschien ein gewaltiges Heer von Rittern: Keine andere Farbe war zu erkennen außer Schwarz und loderndes Feuer. Sie ritten alle auf riesenhaften Pferden und stürmten voran, mit allen möglichen Stücken bewaffnet, als ginge es zur Schlacht, und sie trugen schwarze Feldzeichen.“

Der Stadtschreiber von Meßkirch in Schwaben hat das wütende Heer nicht so genau gesehen, dafür aber umso besser gehört:

„Im Jahr 1550 hat man das wütige Heer zu Mösskirch gehört. Es ist nach zehn Uhr mit großem Ungestüm über die Ablach gefahren, mit einem wunderbarlichen Getös, lautem Geschrei, Klingeln und einem großen Luftzug.“

Auch die meisten anderen Schilderungen der Wilden Jagd sind rein akustisch. Verständlich, denn die jagdliche Literatur ist sich einig: Wenn man diesem wüsten Zug begegnet, möge man sich schleunigst bäuchlings zu Boden werfen, um nicht mitgerissen zu werden. Am besten in eine tief ausgefahrene Wagenspur. Sollte Ihnen die Wilde Jagd über den Weg galoppieren, sagen wir beim Abstieg von der Höttinger Alm, tut es sicher auch ein Mountainbike-Reifenabdruck oder, falls Schnee liegt, eine Schitourenspur. Auf keinen Fall sollten Sie sich aber dazu hinreißen lassen, in das Jagdgeschrei über Ihnen einzustimmen. Eine steirische Sage berichtet von einem vorlauten Knecht, der das Geheul der Wilden Jagd nachahmte. Da erschien eine geisterhafte Gestalt und warf ihm einen abgerissenen Menschenfuß hin: „*Du hast geholfen jagen, hilf daher auch nagen.*“

Wer die Wilde Jagd anführt, das ist von Region zu Region verschieden. In Skandinavien, aber auch im alemannischen Raum, gebührt die Ehre dem Göttervater Odin, auch Wotan genannt, auf seinem achtbeinigen Ross Sleipnir. In Mitteldeutschland reitet oft ein passionierter Waidmann voran, der zu Lebzeiten derart gefrevelt hat, dass er dazu verdammt wurde, die Raunachtshatz bis zum Jüngsten Tag zu betreiben. Aus Oberösterreich berichtet man, dass der Leibhaftige selber an dem wilden Treiben teilnimmt, und zwar in einer gewaltigen schwarzen Kutsche.

Mir persönlich ist die Vorstellung von einem altersmilden Wotan am sympathischsten. Ein Haudegen, der sich damit abgefunden hat, dass seine Herrschaft vorbei ist, der sich aber, wenn die Raunächte kommen, freudig in den Sattel schwingt und es mit seinen alten Gefährten und Gefährtinnen krachen lässt wie in alten Zeiten.

Apropos Gefährtinnen: In Norddeutschland ist eine Frau Chefin der Wilden Jagd. Für uns schon eine alte Bekannte:

Frau Holle

Wir haben es hier mit einer Dame von ausgesprochen schillerndem Ruf zu tun.

Vielen ist sie nur als die gütig-strenge alte Frau aus Grimms Märchen bekannt, die die Betten ausschüttelt, damit es auf der Erde schneit. – Ihnen nicht? – Na dann, in aller Kürze:

Eine Mutter hat zwei Töchter, die beide Marie heißen. Praktisch, denn so braucht sie sich nur einen Namen zu merken. Auseinanderhalten kann sie die beiden leicht, denn die eine, die Stieftochter, ist fleißig, die andere, die leibliche Tochter, ist faul.

Eines Tages stürzt die Fleißige auf der Suche nach ihrer Spindel in einen Brunnen. Statt zu ertrinken findet sie sich auf der Wiese vor Frau Holles Haus wieder. Sie begegnet einem Backofen, der sie anfleht, ihn von seinem fertig gebackenen Brot zu befreien, und einem Apfelbaum, der sie bittet, ihn abzuernten. Die brave Marie macht beides und tritt in Frau Holles Dienste. Nach einem Jahr fleißiger und pünktlicher Arbeit inklusive ausgiebigem Bettenschütteln bekommt sie Heimweh und bittet um ihren Abschied. Frau Holle überschüttet sie zur Belohnung mit Gold. Mutter muss sich nun einen neuen Namen merken: Goldmarie. Die faule Schwester, die noch nicht Pechmarie heißt (aber bald, so viel sei verraten), stürzt sich grün vor Neid in denselben Brunnen. Apfelbaum und Backofen lässt sie links liegen und verdingt sich schnurstracks bei Frau Holle. Nach einem Jahr, in dem sie eine ausgesprochen zweifelhafte Dienstauffassung an den Tag legt, kündigt sie. Frau Holle setzt ihr als Abfertigung einen Kübel Pech auf.

In unserer Geschichte verbringt sie ihre alten Tage im sogenannten „Malfattiheim“. Korrekt nennt sich dieses Senioren- und Pflegeheim mittlerweile „Haus St. Josef am Inn zu St. Nikolaus in Innsbruck“. Der volkstümliche Name „Malfattiheim“ geht auf Alois Malfatti zurück, jenen Innsbrucker Kaufmann, der das Grundstück dafür in den Siebzigerjahren des 19. Jahrhunderts gestiftet hat.

Zurück zum Kinder- und Hausmärchen der Gebrüder Grimm: Es zeigt uns Frau Holle als strenge, aber gerechte Hausherrin.

Die Grimms haben aber nicht nur Märchen gesammelt, sondern auch Sagen und Mythen und dabei eine andere Seite der Frau Holle entdeckt, die nicht ganz so jugendfrei ist: eine unheimliche Gestalt mit Macht über die toten Seelen, die man im Norden mit der Totengöttin Hel gleichsetzt; die in den Raunächten der Wilden Jagd voranprescht und einsame Wanderer erschreckt; die in Süddeutschland und Österreich als „Perchta“ gefürchtet ist – genau: „Percht“ wie in „Perchtenlauf“. In manchen Tiroler Tälern ist sie als die „Stampa“ bekannt, ein Gespenst so unheimlich, dass sich früher in den Raunächten nur die Mutigsten vor die Tür trauten.

Aber es gibt auch Freundliches von ihr zu berichten. So wird Frau Holle in Hessen als Fruchtbarkeitsgöttin verehrt, die nicht nur die Äcker und Fluren segnet, sondern auch manches Mädchen, das es wagt, in ihrem Teich bei Meißen zu baden. Auch gilt sie dort als eine Beschützerin der Häuslichkeit, die die Faulen bestraft und die Fleißigen belohnt – womit wir uns wieder dem Märchen annähern.

Mir gefällt sie als eines von jenen rüstigen, älteren Mädchen, denen man auf den ersten Blick nicht ansieht, dass sie einmal die feurigsten Hengste geritten sind, die es aber immer noch faustdick hinter den Ohren haben und die beizeiten von ganz anderen Dingen träumen, als Betten zu schütteln. Und glauben Sie mir: Der Wilde Jäger sieht das genauso.

Die zweite *femme fatale* unserer Geschichte ist allerdings weniger liebenswert.

Die Frau Hitt

Höhe: 2270 m ü. d. M.
Schwierigkeitsgrad: Eine Stelle III, sonst II
Gestein: Kalk

So lakonisch wird die Frau Hitt heute beschrieben. Ein steinhartes Los für eine Frau, über deren glamourösen Auftritt man einst Balladen gesungen hat:

Voran auf falbem, schnaubendem Ross
die herrlichste aller Fraun,
im Mantel, der strahlend vom Nacken ihr floss,
wie ein schimmernder Stern zu schaun.

So stellte sich der Dichter Karl Egon von Ebert die Frau Hitt aus Fleisch und Blut vor. Sie hätte samt ihrem Reichtum in aller Ruhe steinalt werden können, wäre da nicht diese Bettlerin mit ihrem Säugling im Arm am Weg gestanden. Schüchtern bittet sie die reiche Herrin um ein wenig Linnen, um ihr Kind wickeln zu können.

„*Wo nähm ich Linnen her?*", fragt die Frau Hitt zurück, was man ihr wirklich nicht verübeln kann. Wer hat schon Windeln dabei, wenn er ausreiten geht? Aber dann kann es die reiche Dame nicht lassen, der armen Bettlerin den Standesunterschied so richtig hineinzuwürgen: „*Nur Seid' ist alles, was an mir ich schau, von funkelndem Golde schwer.*"

Muss das sein? Aber dabei bleibt es nicht: Die Bettlerin fragt demütig nach irgendeiner anderen Gabe, die die Herrin entbehren könne. Frau Hitt reicht ihr einen Stein. Mit dieser Gemeinheit besiegelt sie ihr Schicksal. Die Bettlerin stößt einen Fluch aus, der sich gewaschen hat, und die herzlose Dame erstarrt samt ihrem Ross zu einer Kalksäule, Schwierigkeitsgrad III. Und weil das ohne Kletterpatschen gar nicht mehr so leicht ist, bleibt sie einsam und allein, bis sie im Jahr 1580 ein gewisser Johann Georg Ernstinger erstmals besteigt.

In einer anderen Sage ist sie eine Riesenkönigin, die versteinert wird, weil sie ihr Kind in Milch badet und mit Weißbrot abtrocknet, also mit Gottesgaben Unfug treibt.

Beide Motive zeigen sie als Mitglied einer abgehobenen *Hautevolee*, die im Geld schwimmt und sich nicht nur einen Dreck um die Armen schert, sondern sich auch noch über sie lustig macht.

Da es dergleichen immer noch gibt, lasse ich sie in unserer Geschichte ab und zu von ihrem hohen Ross heruntersteigen und mit ihrem verkalkten Herzen ihr Unwesen treiben, als Inbegriff eines bösen Weibs.

Natürlich gibt es auch böse Mander – und bösartige Mandln.

Das Kasermandl

Auf der Umbrüggler Alm hockt a Kasermandl.
Dös hockt ganz verstohln hinter an Eisenpfandl.
A ganz a kloans Lötterl, dös kocht dir a Muas, ja,
und wenn du davon ißscht, hasch 's Gsicht voller Ruaß.

Diese Strophe des Tiroler Volksdichters Josef Pöll kann man wohl als die bekannteste Sage vom Kasermandl bezeichnen.
Warum es in unserer Geschichte die Alm gewechselt hat, dürfte jedem klar sein, der die neue Umbrüggler Alm oberhalb von Innsbruck kennt. Die mag ja ein schickes Stück alpiner Architektur sein, verströmt aber ungefähr so viel Almflair wie ein Sushi-Restaurant. Findet das Kasermandl und ist auf die Arzler Alm übersiedelt, schließlich ist es ein Almgeist. Sushi-Restaurant-Geister sind vermutlich netter, denn es gibt kaum was Garstigeres als Kasermandln. Dabei handelt es sich um Senner, die zu Lebzeiten „den Almnutzen geschmälert haben", also faul, nachlässig oder verschwenderisch waren. Nach ihrem Tod müssen sie zur Strafe jeden Herbst auf ihre verlassene Alm fahren und dort Schüsseln schrubben, zusammenkehren und andere knechtische Arbeit verrichten. Kein Wunder, dass sie grantig sind. Und diesen Grant lassen sie an jedem aus, der aus Versehen auf ihrer Alm einkehrt oder gar dort nächtigen will. Da tut man verlässlich die ganze Nacht kein Auge zu, und das Rußmus gehört noch zu den netteren Streichen vom Kasermandl. Leuten, die es heimlich beobachten wollen, drückt es einen Holzzapfen ins Auge, und wer es gar verspottet, kommt nicht mit einem

blauen Auge davon: Ein Jäger hat einmal spät im Jahr auf der Umbrüggler Alm genächtigt, sich ein hölzernes Kasermandl geschnitzt und damit Lazi gemacht. Da hat ihm das leibhaftige Kasermandl schlicht und einfach den Kopf abgerissen und zur Warnung aufs Hüttendach gesteckt. Eine klare Ansage, aber doch ein bisschen brutal.

Einen solchen Ungustl hätte ich gar nicht in unsere Geschichte aufgenommen, wenn er nicht auch seine guten Seiten hätte: Eines Winters, erzählt man, haben sich zwei Kinder im dichten Schneetreiben auf die Hütte des Kasermandls verirrt. Da kocht ihnen unser Almgeist ein köstliches Rahmmus – ganz ohne Ruß, wohlgemerkt – und bereitet ihnen ein warmes Bettchen im duftenden Heu, wo die Kleinen mit vollem Bauch einen erholsamen Winterschlaf halten. Im Frühjahr führt sie das Kasermandl wohlbehalten ins Tal.

So können wir uns schon eher mit ihm anfreunden: Ein Bosnigl, der einem mit seiner ewigen Stänkerei ganz nett auf die Nerven gehen kann, der aber irgendwo tief unter seiner rauen Schale ein Herz hat, weich wie Rahmmus.

Wer fehlt jetzt noch in unserer Bande? Ach ja:

Also das kennt jetzt wohl jeder.
Und bevor Sie fragen: Nein, das Kasermandl hat nie zu den Sieben Zwergen gehört.

In der Hoffnung, Sie mit diesen Ausführungen ein wenig für künftige Raunächte und die in Tirol gar nicht so ungefährliche stade Zeit gewappnet zu haben, verbleibe ich

Ihr ergebener Kurt Arbeiter